W0325211

J'AURAIS PRÉFÉRÉ
QUE TU ME SUIVES SOUS LES DRAPS
PLUTÔT QUE SUR INSTAGRAM.

Direction éditoriale : Stéphane Chabenat
Éditrice : Charlotte Sperber
Conception graphique et mise en pages : Tendre Roméo
Illustrations et conception graphique de la couverture : Tendre Roméo

Les Éditions de l'**Opportun**
16, rue Dupetit-Thouars
75003 Paris

www.editionsopportun.com

J'AURAIS PRÉFÉRÉ QUE TU ME SUIVES SOUS LES DRAPS PLUTÔT QUE SUR INSTAGRAM.

ILLUSTRÉ & ÉCRIT
PAR TENDREROMEO

PRÉFACE

Même si j'ai conscience que la majorité des personnes qui liront ces pages m'ont découvert sur Instagram, je suis enchanté de faire votre connaissance.

Nous allons pouvoir apprendre à nous connaître au fil de ces pages et je me permets de vous inviter dans mon univers graphique en vous souhaitant une douce promenade. Ne dévorez pas cet ouvrage, grignotez-le, prenez le temps de vous attarder sur chaque double-page, sur chaque tournure de phrase et même sur chaque mot.

Je profite également de cette préface pour prendre le temps de remercier très sincèrement toutes les personnes qui ont, de près ou de loin, eu un impact positif sur cette aventure qui m'a permis de réaliser des projets que je n'aurais jamais pu me permettre d'imaginer : une collaboration avec le Centre Pompidou, une ligne de vêtements ou encore le fait d'être contacté par une maison d'édition pour réaliser ce recueil. Aujourd'hui, j'ai bien conscience que tout ce qui m'arrive est en grande partie grâce à celles et ceux qui apprécient ce que je fais et qui m'encouragent. Voilà maintenant plus de trois ans que je vous partage mes aphorismes, que vous me lisez, que vous me suivez, que vous m'écrivez, que vous aimez mes publications et que vous les partagez.

Plus de trois ans que vous me connaissez à travers ce masque sans pour autant que je le retire pour me dévoiler un peu. Alors j'estime qu'avec tout ce que vous m'avez offert, tout ce que vous m'avez apporté, je vous dois un peu d'authenticité concernant le chagrin d'amour qui a donné naissance à cet épisode de poésie digitale.

Je dépose le masque, et ce n'est plus *Tendre Roméo* qui rédige ces lignes. C'est moi.

Impossible de me rappeler ce que j'avais appris à aimer en premier chez elle. Ses yeux en amande, son optimisme sans faille, son intellect aiguisé, ses formes délicieuses, son humour facétieux, son rire adorable ou bien son sourire charmeur... En revanche, je reste persuadé d'une chose : lorsqu'elle m'a adressé la parole pour la première fois, j'ai immédiatement su que, à ses côtés, tout serait différent. À l'époque, je n'avais jamais rencontré l'Amour, sauf lorsqu'il s'agissait de le faire. Ce sentiment était un concept abstrait que je m'étais assez mal préparé à découvrir. Bien sûr, j'éprouvais de l'amour pour mes proches, pour ma famille, mais je n'avais jamais goûté à cette intense passion qui allait bientôt m'envahir. Notre complicité a vu le jour de manière spontanée, ça paraissait être une évidence : les autres femmes ne m'intéressaient plus. Elle devenait jour après jour le centre de mon attention, la seule que je voulais voir, la seule que je voulais apprendre à connaître. On partageait parfois une table au restaurant, on passait un après-midi au parc, on cuisinait ensemble, on disparaissait une soirée sous la couette…

Nos rencontres étaient régulières, sans pour autant que nous nous impliquions dans une relation sentimentale assumée. Et au fil des semaines, puis au fil des mois, ce qui devait arriver arriva. Elle était devenue mon premier Amour. J'ignore à quel moment je m'en suis rendu compte, mais c'était comme si toutes les autres n'avaient jamais eu la moindre importance face à elle. Il m'était devenu impossible de la décrire sans la couvrir de compliments. À ses côtés, tout était tellement simple et naturel. C'était un sentiment d'épanouissement, de plénitude, qui apaisait tout ce que j'appréhendais. Rien ne semblait grave puisque, quoiqu'il arrivât dans ma vie, elle serait toujours là, à mes côtés. J'étais naïf, persuadé que rien ne pouvait nous arriver. Tout était parfait. Je faisais preuve d'une passion immodérée pour celle que j'aimais, je souhaitais de tout cœur la rendre heureuse à mes côtés, afin que notre histoire s'éternise.

Ensemble, le temps passait vite. Très vite. Trop vite, même.

Un troisième protagoniste nous a rejoins dans cette histoire idyllique. Tous les jeunes couples qui l'ont côtoyé savent à quel point celui-ci peut devenir destructeur et à quel point il peut bouleverser une relation, aussi solide soit-elle. Erasmus.

Ce programme de l'enseignement supérieur permet de partir étudier dans une université étrangère. Une opportunité formidable, objectivement. Puisque tout se passait idéalement bien dans notre couple, ne pas l'encourager à réaliser cette expérience unique aurait été égoïste. En revanche, je n'avais pas réalisé à quel point cette nouvelle vie allait devenir une épreuve pour nous. La distance qui sépare les gens peut parfois être remplie de turbulences difficiles à encaisser, surtout pour la personne qui ne part pas. Me priver de celle que j'aimais pour la laisser étudier une nouvelle langue, une nouvelle culture, avec de nouveaux amis de l'autre côté de la frontière sans pour autant m'imaginer que cela affecterait l'idylle que nous vivions était sans doute aussi candide que présomptueux.

Stimulée par tout ce qu'une année d'études à l'étranger peut offrir, le temps qu'elle avait à me consacrer était chaque fois un peu plus bref.

Nos conversations que j'appréciais tant devenaient peu à peu superficielles et je réalisais que son cœur et ses pensées à mon égard étaient eux aussi en césure. Une distance sentimentale s'immisçait dans notre histoire et commençait à prendre le pas sur une distance physique déjà trop présente à mon goût. Je la sentais s'éloigner de moi, de nous, et sa voix qui avait toujours eu le don de me rassurer perdait peu à peu de sa vertu. Au cours de cette année, l'idée de la perdre m'a peu à peu grignoté de l'intérieur et l'éventualité de devoir mettre un terme à cette relation qui m'avait tant comblé parasitait profondément mon comportement. À ses yeux, j'étais sans doute passé de l'amoureux calme, réfléchi et attentionné à une personne étouffante, incohérente. Mais c'était plus fort que moi. J'avais passé tant de temps à me construire autour de cette histoire d'Amour que l'inquiétude de devoir éventuellement m'en séparer me bouleversait. Notre idylle qui me paraissait si parfaite était devenue un amour viscéral et déraisonnable qui finissait par m'apporter plus d'angoisses et d'appréhension que de bien-être. Une relation devenue nocive qui n'était pas liée à nos caractères, mais plutôt à notre manière de gérer l'absence de l'autre.

Alors voilà. Si tant est que vous vous posiez la question, *Tendre Roméo* est né en 2017, sur le réseau social Instagram afin de soulager cette peine de cœur.

Son tout premier objectif était thérapeutique : plutôt que d'écrire ce qui encombrait mon esprit sur un carnet, j'avais pris la décision de le partager sur ce réseau social dans le but de toucher les personnes qui traversaient une période similaire. À la suite de cette rupture passionnelle, je n'avais pas imaginé qu'un sentiment aussi exquis que l'Amour pouvait devenir à ce point dévastateur. J'ai passé des journées à ne penser qu'à elle, à négliger de merveilleux instants de vie et des nuits entières à me demander ce que j'aurais dû faire différemment. J'avais beau être entouré de mes proches, les remises en question, la solitude et la nostalgie m'ont accompagné pendant de longs mois. C'est finalement le temps qu'il m'a fallu pour réaliser que la majorité des gens passent aussi par là et qu'il y a des choses plus dramatiques. Avec le temps on relativise, on prend du recul et on réalise que tout n'est pas à jeter : ce creux que la rupture laisse dans le cœur et dans la vie, est une place qui ne demande qu'à être remplie de belles choses.

Si j'ai pris le temps d'esquisser cette partie de ma vie, c'est pour souligner le fait que tout cela n'aura fini par être qu'un mal pour un bien. Cette rupture m'a permis d'entamer ce voyage formidable rempli de poésie et de sensibilité. Certains soignent leur chagrin avec la musique, d'autres avec le sport ou la cuisine. J'ai toujours aimé l'illustration alors tenir un stylo n'avait rien de nouveau pour moi mais à force de me nourrir des émotions qui me traversaient, j'ai pris goût à l'écriture et j'en ai fait mon remède.

Aujourd'hui, je rédige les traits d'esprit qui traversent le mien. Et, même si la majeure partie du temps, ceux-ci ne concernent plus cette histoire d'amour passée, il arrive que je me surprenne à repenser à cette période particulière.

CE N'EST PAS TOI QUI ME MANQUES.
C'EST CE QUE NOUS ÉTIONS.

POUR VOUS,
mais aussi un peu pour moi.

IL SUFFIT DE TE REGARDER
DANS LE BLANC DES YEUX
POUR VOIR LA VIE EN ROSE.

SI JE VEUX TE RECEVOIR
QUE DOIS-JE T'ENVOYER ?

J'AIMERAIS PASSER MON TEMPS
À LE PERDRE AVEC TOI.

L'AMOUR EXISTE ET L'AMOUR M'EXCITE.

TU VEUX DES PAPILLONS DANS LE VENTRE
OU TU PRÉFÈRES LE REMPLIR DE RACLETTE ?

LAISSE-MOI TE FAIRE FONDRE.

J'AI TOUT DONNÉ DANS CETTE RELATION.

TU AURAIS MIEUX FAIT DE TOUT VENDRE.

ELLE N'ÉTAIT PAS FAITE POUR L'AMOUR
POURTANT ELLE LE FAISAIT
MIEUX QUE LES AUTRES.

DIFFICILE DE RAVIVER LA FLAMME
D'UNE HISTOIRE QUI A PRIS L'EAU.

LA SEULE CHOSE
QU'ON AVAIT VRAIMENT EN COMMUN
C'ÉTAIT NOTRE AMOUR POUR TOI.

JE ME SUIS ÉGARÉ
EN TE REJOIGNANT.

ELLE A LE MORAL DANS LES CHAUSSETTES
DEPUIS QU'IL A GARDÉ LES SIENNES
POUR FAIRE L'AMOUR.

NOTRE PREMIER BAISER A VU LE JOUR
AU BEAU MILIEU DE LA NUIT.

SE COUCHER PLUS TÔT
POUR RÊVER DE TOI
PLUS LONGTEMPS.

PRENDS SOIN DE TOI.

ÇA TE DIRAIT
DE T'EN CHARGER ?

J'AI HÂTE DE TE MANQUER.

TE FAIRE LES YEUX DOUX
POUR QUE NOTRE RELATION DURE.

J'EN PINCE POUR TOI.

POURVU QUE ÇA NE NE NOUS RÉVEILLE PAS.

J'AI CHUTÉ DANS
LE VIDE QUE TU AS LAISSÉ
EN T'EN ALLANT.

EST-CE QU'ON GARDE FORCÉMENT DES SÉQUELLES LORSQU'ON RENCONTRE L'AMOUR PAR ACCIDENT ?

TU AS TOUT POUR TOI.

SAUF TOI.

SI JE BAISSE LES BRAS EN AMOUR
C'EST JUSTE POUR GLISSER MES MAINS
ENTRE TES CUISSES.

ON NE FAISAIT QU'UN
PUIS TU ES PARTIE.

MÊME QUAND
TU ME METTAIS DE CÔTÉ
JE RESTAIS AUX TIENS.

J'ÉCOUTE DES CHANSONS D'AMOUR
POUR ME RAPPELER CE QUE JE MANQUE.

TOUTES CES BELLES CHOSES QUE J'AURAIS AIMÉ TE DIRE.

TE RETROUVER SOUVENT
POUR NE JAMAIS TE PERDRE.

NOS CORPS N'ONT PAS EU
À ENTRER EN CONTACT
POUR QUE TU ME TOUCHES.

TU ME DÉCROCHERAIS UN SOURIRE
SI JE TE DÉCROCHAIS LA LUNE ?

MES PETITES ATTENTIONS LE SONT-ELLES UN PEU TROP ?

ON SE VOIT MAIS
ON NE SE REGARDE PLUS.

ON SE VOIT MAIS
ON NE SE REGARDE PLUS.

✓✓ VU À 01:26

JE NE SAIS PLUS
SI JE TE VEUX OU
SI JE T'EN VEUX.

TU ARTICULES MIEUX
LORSQUE TU ME PARLES
AVEC TON CŒUR.

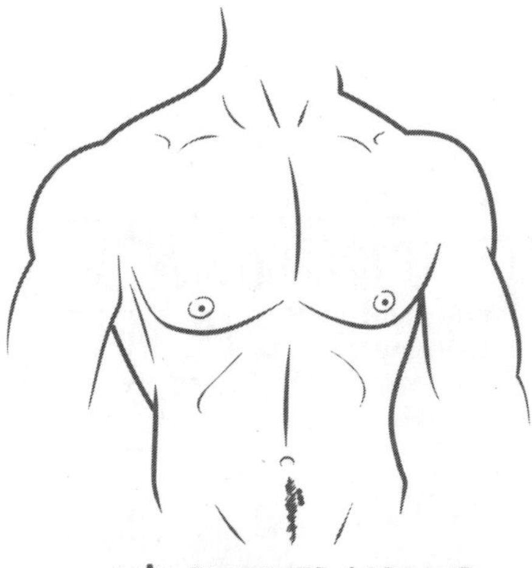

SOIS PRUDENTE LORSQUE
TU CARESSES MON EGO.
C'EST VRAIMENT TRÈS ÉROGÈNE.

ELLE CHERCHAIT UN HOMME MUSCLÉ
POUR QU'IL PUISSE SUPPORTER
LE POIDS DE SON AMOUR.

LA SEULE CHOSE
QUE J'AI CONTRE TOI
CE SONT MES LÈVRES.

TU ME FAIS TOURNER LA TÊTE
MAIS JAMAIS POUR TE DIRE NON.

RETIENS-TOI DE L'ATTIRER
SI TU VEUX JUSTE LA TIRER.

TU ME MANQUES.

TANT MIEUX.

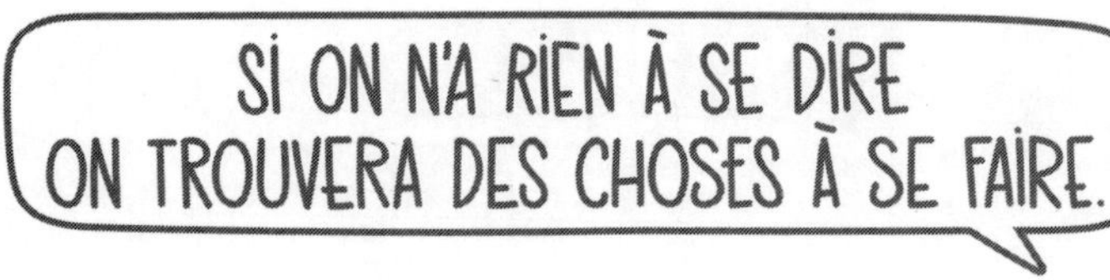
SI ON N'A RIEN À SE DIRE
ON TROUVERA DES CHOSES À SE FAIRE.

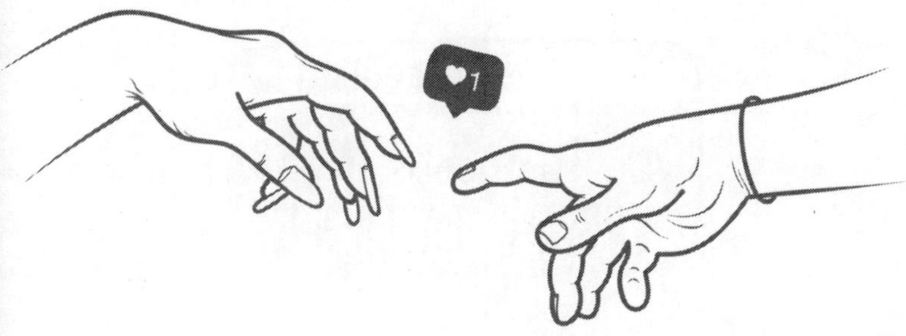
7

J'AI L'IMPRESSION QUE TU PASSES TA VIE À EMBELLIR LA MIENNE.

QUITTE À TOUT REMETTRE À DEUX MAINS
AUTANT QUE CE SOIT DANS LES TIENNES.

QUAND EST-CE QU'ON VA DEVOIR RENDRE
TOUT CE BON TEMPS QU'ON A PRIS ?

AVEC TOI TOUT PASSE TROP VITE.

SAUF L'AMOUR.

L'AMOUR, LUI, NE PASSE PAS.

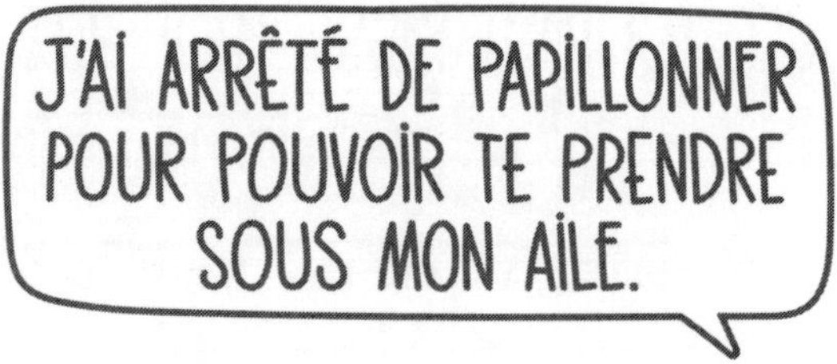
J'AI ARRÊTÉ DE PAPILLONNER POUR POUVOIR TE PRENDRE SOUS MON AILE.

TU ME PLAIRAIS ENCORE PLUS
SI TU DEVENAIS TOI-MÊME.

ON N'ATTENDRA PAS LA CANICULE
POUR NAGER DANS LE BONHEUR.

OÙ TU VEUX. QUAND TU VEUX.

PARTOUT. TOUT LE TEMPS.

QUAND JE ME RÉVEILLE À TES CÔTÉS
C'EST UN PEU COMME SI J'AVAIS
LE PETIT-DÉJEUNER AU LIT.

TE DÉGUSTER DE BON MATIN.

VIENS FAIRE TES SQUATS SUR MON VISAGE.

ON N'AVAIT RIEN À FAIRE ENSEMBLE
MAIS ON L'A FAIT QUAND MÊME.

SI L'AMOUR ÉTAIT UN JEU
TU SERAIS LE DERNIER PERSONNAGE
À DÉBLOQUER.

TES FESSES FONT DE LA DÉMAGOGIE PUISQU'ELLES PLAISENT À TOUT LE MONDE.

TU ARRIVAIS À ME DONNER LE SOURIRE
MÊME LES LUNDIS MATIN.

J'ÉTAIS PRÊT À RISQUER MA PEAU POUR POUVOIR CARESSER LA TIENNE ENCORE UNE FOIS.

D
BELOTE & REBELOTE.
D

SI TU COMPTES LUI SORTIR LE GRAND JEU, DÉBROUILLE-TOI POUR NE PAS ABANDONNER EN PLEINE PARTIE.

SI TU N'AS RIEN EN DESSOUS
ÇA NE ME DÉRANGE PAS QUE
TU RETOURNES TA VESTE.

T'EN METTRE PLEIN LES YEUX.
TE RAPPORTER DES MOUCHOIRS.

JAMAIS FROID AUX YEUX.

QU'ATTENDS-TU POUR VENIR
HIBERNER SOUS MES DRAPS ?

TES YEUX ME CRIENT DES CHOSES QUE TES LÈVRES N'ONT MÊME PAS LE COURAGE DE CHUCHOTER.

ON N'AURA PAS DE MAL
À SE FAIRE DU BIEN.

UN COUP DE CŒUR
EN UN COUP D'ŒIL.

QUAND SOUDAIN
JE FUS PETRIFIÉ PAR TES YEUX.

COMME UNE POÉSIE
J'AI ENVIE D'APPRENDRE À
TE CONNAÎTRE PAR CŒUR.

QU'ON RENTRE TÔT OU QU'ON RENTRE TARD
AVEC TOI ON RENTRE TOUJOURS DE BONHEUR.

CONTINUE À ME FAIRE DU PIED
ET JE VAIS TE FAIRE PRENDRE LE TIEN.

J'AI PEUR DE M'ATTACHER.

TU VEUX QUE JE LE FASSE POUR TOI ?

POURQUOI PAYER UN ABONNEMENT À LA SALLE DE SPORT ALORS QUE NOUS POURRIONS FAIRE L'AMOUR EN TOUTE GRATUITÉ ?

JE VAIS FINIR PAR AVOIR DE L'ARTHROSE
SI TU CONTINUES À ME FAIRE CRAQUER.

ILYADÉJÀBIENTROPD'ESPACEENTRENOUS.

PRENDRE LE RISQUE DE TOUT PERDRE
POUR GAGNER SON CŒUR.

TA VOIX STIMULE MA LIBIDO.

ON PEUT COMPTER
MAIS ON PEUT AUSSI FAIRE BEAUCOUP
D'AUTRES CHOSES L'UN SUR L'AUTRE.

AMOUR

ELLE ÉTAIT DOUÉE AVEC SES DOIGTS
MAIS ELLE NE ME TOUCHAIT JAMAIS
AUSSI BIEN QU'AVEC SES MOTS.

LA SINCERITÉ
NOUS FERA TOUJOURS
GAGNER DU TEMPS.

JE PRÉFÈRE JOUER AVEC LES MOTS
PLUTÔT QU'AVEC LES SENTIMENTS.

ELLE N'AVAIT MÊME PAS BESOIN DE DESCENDRE
POUR FAIRE MONTER LA TEMPÉRATURE.

TE CHEVAUCHER
C'EST MON DADA.

J'AIMERAIS TE SERRER.
ET PAS QUE DANS MES BRAS.

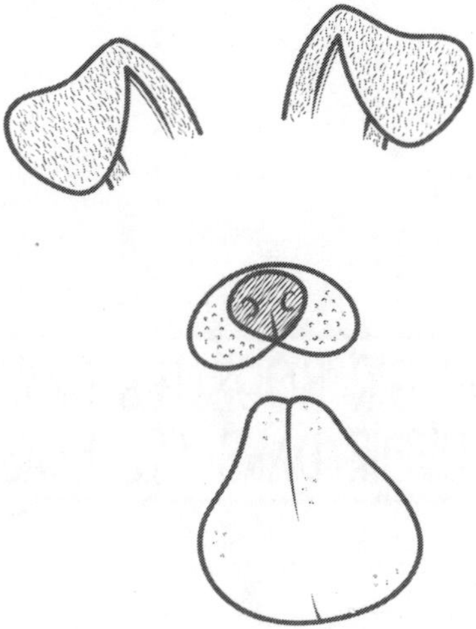

PAS BESOIN DE FILTRE
POUR QUE TU ME FASSES
DE L'EFFET.

SE MOUVOIR SOUS LES DRAPS.
S'ÉMOUVOIR DANS TES BRAS.

C'ÉTAIT PLUS SIMPLE POUR ELLE
DE SE L'ÉCRIRE SUR LA PEAU
PLUTÔT QUE DE T'EN PARLER.

DES ROSES PLUTÔT QUE DES BLEUS.

LES SEULS COUPS
QU'ELLE ACCEPTE DE RECEVOIR
CE SONT LES BONS.

J'AIMERAIS T'ABORDER
MAIS JE CRAINS QUE TU
NE METTES LES VOILES.

TU PARLES D'ELLE À TOUT LE MONDE ?

À TOUT LE MONDE SAUF À ELLE.

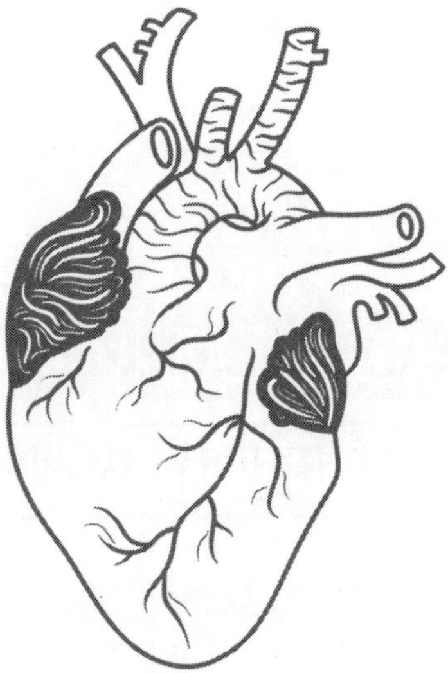

TROP DE CŒUR.
PAS ASSEZ DE CARDIO.

TOMBER AMOUREUX
C'EST PRENDRE LE RISQUE
DE DEVOIR S'EN RELEVER.

TU ME MANQUES
DEPUIS QUE JE T'AI RENCONTRÉE.

CE QUE JE PRÉFÈRE
CHEZ LES FEMMES DANS TON GENRE
C'EST QU'IL N'Y EN A PAS D'AUTRES.

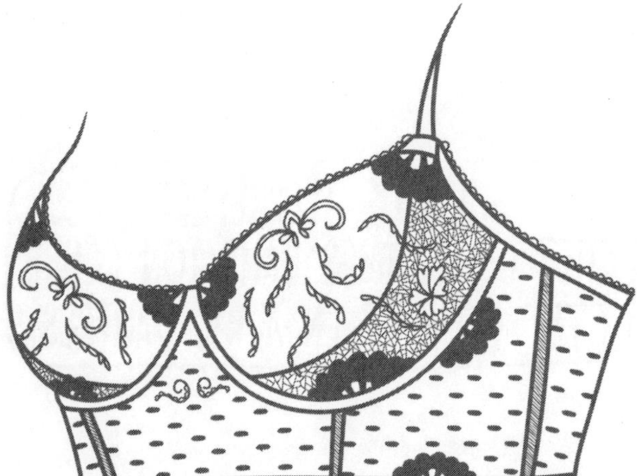

REBELLE EN DENTELLE.

À PARTIR D'UN MOMENT
ON NE S'EMBRASSE PLUS AVEC LA LANGUE.
ON S'EMBRASSE AVEC LE CŒUR.

J'AIMERAIS TE RETROUVER
ALORS QUE JE NE T'AI
MÊME PAS PERDUE.

TU SERAIS PRÊT À LUI OUVRIR TON CŒUR ?

JE SERAIS MÊME PRÊT À LE LUI OFFRIR.

SI TU AS DES VUES SUR MOI
ÉVITE D'EN LAISSER SUR MES MESSAGES.

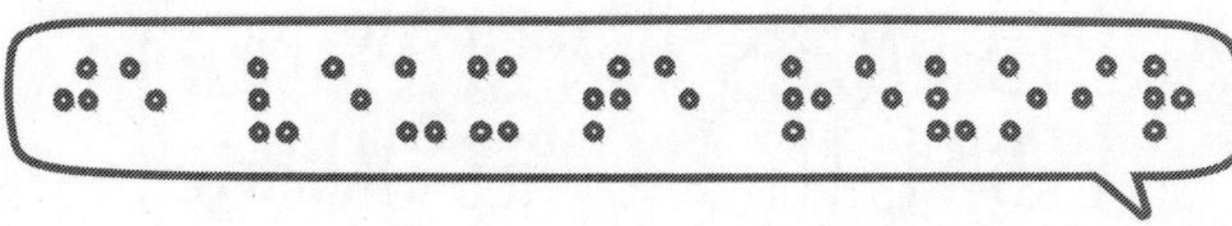

TU N'AURAS MÊME PLUS PIED ENTRE TES PROPRES JAMBES.

JE VAIS TE PRENDRE
COMME UNE BONNE RÉSOLUTION
UN SOIR DE NOUVEL AN.

CROQUONS-NOUS LES LÈVRES
AVANT DE NOUS EN MORDRE
LES DOIGTS.

L'envie

PLUTÔT QU'ON LES *LIKE*
ELLES PRÉFÈRERAIENT
QU'ON LES AIME.

MIEUX VAUT PRENDRE DU RECUL
AVANT DE SE FAIRE DES AVANCES.

POURQUOI TU M'ÉCRIS TOUJOURS
QUAND TU ES EXCITÉ ?

PARCE QUE JE SUIS TOUJOURS
EXCITÉ À L'IDÉE DE T'ÉCRIRE.

J'AI HÂTE DE TE MANQUER.

* MANGER

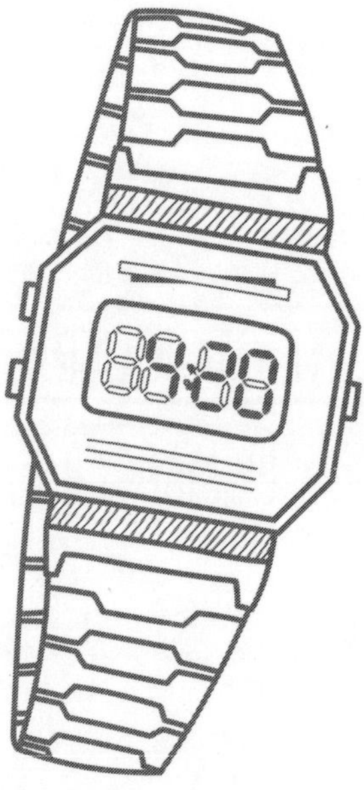

PRENDRE LE TEMPS
D'APPRENDRE À
LE PRENDRE.

QU'EST-CE QUE TU ATTENDS
POUR TOMBER AMOUREUSE DE MOI ?

FAIRE DE MON MIEUX POUR TE L'OFFRIR.

NOS YEUX ONT ENTAMÉ
LA CONVERSATION
AVANT NOS LÈVRES.

ILS VEULENT TOUS
TE VENDRE DU RÊVE.
MOI JE T'EN OFFRIRAI.

À MES HEURES PERDUES
JE NE PENSE QU'À TE RETROUVER.

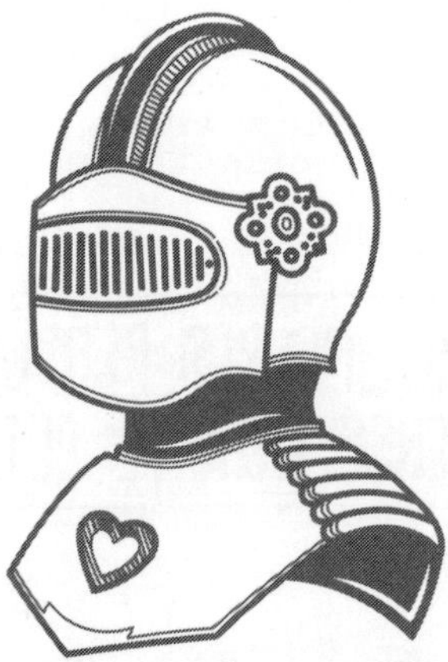

SI L'AMOUR EST UN COMBAT
COMMENT COMPTERAS-TU
TROUVER LA PAIX ?

MÊME NUE SUR LE LIT
TU PORTAIS ENCORE TON ARMURE.

PRÉVIENS-MOI
QUAND NOTRE DERNIÈRE FOIS
SERA LA DERNIÈRE.

ON DEVRAIT SE DÉPENSER
POUR ARRÊTER D'Y PENSER.

SI J'EN FAISAIS TROP
C'EST PEUT-ÊTRE PARCE QUE
TU N'EN FAISAIS PAS ASSEZ.

ELLE A LES YEUX REVOLVER
PARCE QU'ELLE S'EST FAIT
FUSILLER LE CŒUR.

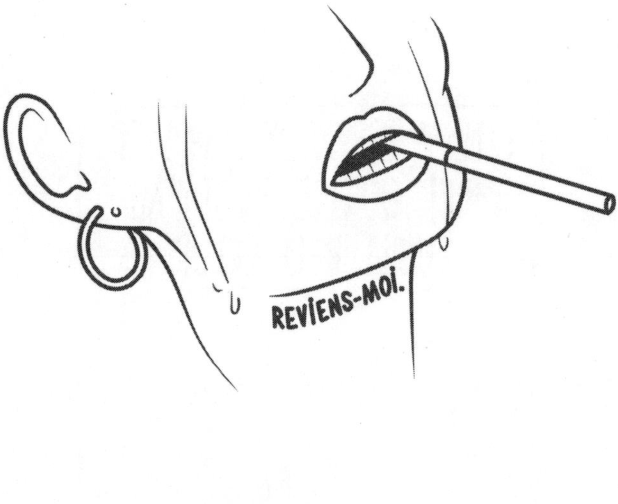
REVIENS-MOI.

BOIRE TES PAROLES.
AVALER DE TRAVERS.

C'EST LORSQUE TU T'ÉCLIPSES
DE MON QUOTIDIEN QUE
JE BROIE DU NOIR.

TES PROMESSES AVAIENT-ELLES UNE DATE DE PÉREMPTION ?

TE REPROCHER DE NE PAS ASSEZ TE RAPPROCHER.

JE PENSE QUE JE T'AIME.

J'AIME CE QUE TU PENSES.

COUPER LES PONTS.
SE REJOINDRE À LA NAGE.

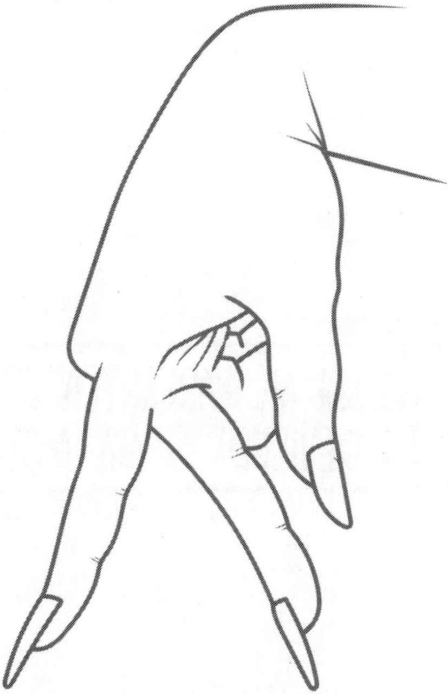

J'AI PRÉVU
UNE PETITE RANDONNÉE POUR
TES MAINS BALADEUSES.

CE N'EST PAS EN ME PARLANT À DEMI-MOT
QUE TU DEVIENDRAS MA MOITIÉ.

TU PERMETS QUE JE TE DÉVORE DU REGARD LA PROCHAINE FOIS QUE J'AI UNE PETITE FAIM ?

TU AS FAIT CHAVIRER MON CŒUR.
J'ÉTAIS OBLIGÉ DE T'ACCOSTER.

VIENS METTRE DU SOLEIL DANS MA VIE.

JE TE PROPOSE D'ABORD UN DÉLUGE DANS TON TANGA.

ÉVITE DE PENSER À MOI
QUAND TU LUI FERAS L'AMOUR.

TU DÉPOSAIS TON REGARD
COMME UNE CARESSE.

LORSQUE JE LA PRENDS
ELLE DÉTESTE QUE CE SOIT
PAR LES SENTIMENTS.

ELLE T'A DONNÉ LA RECETTE DU BONHEUR
MAIS TU N'AS PAS SU LA CUISINER.

JE POURRAIS TOUT FOUTRE EN L'AIR
POUR QU'ON S'Y ENVOIE.

SI ON EST CE QU'ON MANGE
TU NE VAS PAS TARDER
À ME FAIRE MIAULER.

TOMBER NEZ À NEZ
AVEC UNE ENVIE DE TE FAIRE
DU BOUCHE-À-BOUCHE.

ON N'AURA JAMAIS TORT
D'AIMER PLUS QUE DE RAISON.

POUR QU'ON SAVOURE L'INSTANT JE METTRAIS LES PETITS PLATS DANS LES GRANDS.

T'ES COMME LE VÉLO.
ON NE PEUT PAS T'OUBLIER.

JE DEVAIS ÊTRE SOUS LA DOUCHE
QUAND L'AMOUR A FRAPPÉ À MA PORTE.

JE LUI FERAI MON MEILLEUR NUMÉRO POUR QU'ELLE ME DONNE LE SIEN.

ZONE
INONDABLE.

ON RISQUE D'EN VENIR AUX MAINS.

VENONS-EN PLUTÔT AUX LÈVRES.

ON FAIT DU SPORT EN SURVÊTEMENT
POUR FAIRE DU SPORT EN SOUS-VÊTEMENT.

TU ME DONNES SOIF.

ENVIE DE RESSERRER
LES LIENS QUI NOUS UNISSENT ?

TU ME TROUVERAS PLUS ATTACHANT
UNE FOIS LES POIGNETS LIÉS
AUX BARREAUX DU LIT.

ARRÊTE DE LA FAIRE TOURNER EN ROND SI T'EN AS RIEN À CARRER.

INONDE-MOI DE MESSAGES
SI TU AS BESOIN DE
NOYER TA PEINE.

PERSONNE NE T'ATTENDRA AU TOURNANT
SI TU ES QUELQU'UN DE DROIT.

IL NE SUFFIT PAS DE LUI PROMETTRE LA LUNE POUR QU'ELLE AIT DES ÉTOILES DANS LES YEUX.

TU PERMETS QUE JE DEVIENNE
TON DESTINATAIRE PRÉFÉRÉ ?

TON ENVELOPPE CHARNELLE ME REND COMPLÈTEMENT TIMBRÉ.

RETOURNE-MOI.

AVEC PLAISIR.

CELUI QUI DIT QUE
VOUS ÊTES TOUTES LES MÊMES
NE T'A PAS ENCORE RENCONTRÉE.

MÊME TON POULS VA GRIMPER AU RIDEAU.

DES HAUTS, DES BAS ET DE BEAUX ÉBATS.

TES YEUX EN AMANDE
ME FONT PARTIR EN CACAHUÈTE.

N'ATTENDS PAS D'ÊTRE
AU FOND DU GOUFFRE POUR PLONGER
AU CREUX DE MES BRAS.

EN ME DÉVOILANT SON REGARD DE BRAISE, ELLE M'A FAIT COMPRENDRE QU'ELLE N'AVAIT PAS FROID AUX YEUX.

ELLE ÉTAIT DE PLUS EN PLUS PRÈS.
J'ÉTAIS DE MOINS EN MOINS PRÊT.

ALLER SE FAIRE ÉPILER LES SENTIMENTS
POUR FACILITER LA REPOUSSE.

IL Y A LES NUITS QUI PORTENT CONSEIL
ET CELLES QUI PORTENT PRÉJUDICE.

S'IL S'AGIT DE METTRE
DU SOLEIL DANS TA VIE
J'EN CONNAIS UN RAYON.

ÉVITE DE PARTIR PLUS VITE
QUE MON BRONZAGE.

ÇA CRÊVE LES YEUX QUE
TU POURRAIS CREVER POUR LES SIENS.

LE MEILLEUR MOYEN DE LA SÉDUIRE
C'EST DE NE PAS ESSAYER.

S'ÉCLABOUSSER DE BONHEUR
AVANT DE S'INONDER D'IGNORANCE.

ÊTRE TREMPÉE POUR
ÊTRE EN PAIX.

D'ABORD ON SÈME
PUIS ÇA FINIT SOUVENT
PAR FANER.

MÊME TES NUDES NE ME MANQUENT PLUS.

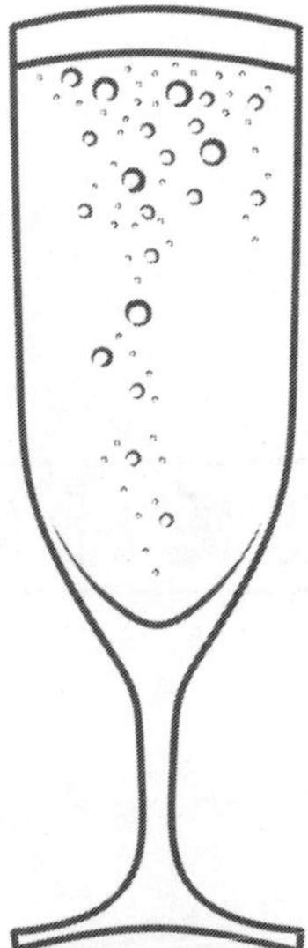

PÉTILLANTE &
RAFFINÉE.

CE SOIR
QU'IMPORTE L'ENDROIT
ON FINIT À L'ENVERS.

C'EST MALHEUREUX D'ÊTRE EN COUPLE
SI TON COUPLE TE REND MALHEUREUX.

C'EST PARCE QUE JE TE LAISSE SANS VOIX
QUE TU NE ME RÉPONDS PLUS ?

MON ATTRACTION PRÉFÉRÉE
C'EST CELLE QU'IL Y A ENTRE NOUS.

TU M'EXCUSERAS POUR LE SPOILER
MAIS À LA FIN DU FILM
ON TERMINE ENSEMBLE.

HIER ME MANQUE.

DEMAIN M'ÉPUISE DÉJÀ.

C'EST TON SOURIRE OU
C'EST DE L'HYPNOSE ?

JE RISQUE D'AVOIR LES LÈVRES GERCÉES EN LES DÉPOSANT SUR UNE FEMME AUSSI FRAÎCHE QUE TOI.

POUR BIEN S'ENTENDRE
IL FAUT COMMENCER PAR S'ÉCOUTER.

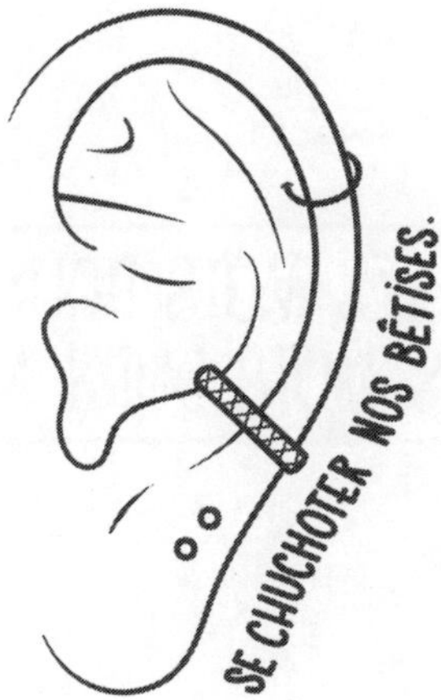
SE CHUCHOTER NOS BÊTISES.

D'ABORD LES MOTS DOUX À DIRE.
ENSUITE LES MOTS DURS À ENTENDRE.

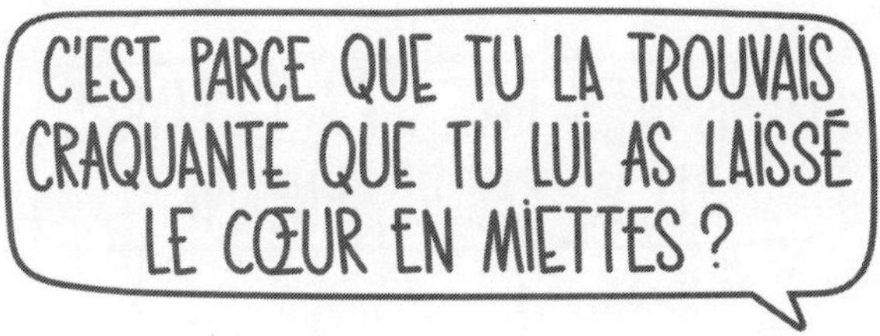
C'EST PARCE QUE TU LA TROUVAIS CRAQUANTE QUE TU LUI AS LAISSÉ LE CŒUR EN MIETTES ?

DANS MES PIRES CAUCHEMARS
TU ME SOURIS ENCORE.

À TROP BRÛLER D'AMOUR
ON FINIT SOUVENT PAR
FONDRE EN LARMES.

C'EST À FORCE DE ME PERDRE DANS TES YEUX
QUE J'AI COMMENCÉ À ME TROUVER.

SE GÂTER DE GÂTÉS.

JAMAIS EN CONFLIT
MAIS SOUVENT L'UN CONTRE L'AUTRE.

comviq
<3G
02:13
2%
JULIETTE
AUJOURD'HUI · À 02:13
SI ÇA NE TENAIT QU'À MOI CE N'EST PAS TON PORTABLE QUE TU AURAIS ENTRE LES DOIGTS.

TU AS SU METTRE DES MAJUSCULES
là où je me sentais minuscule.

TE FAIRE L'AMOUR.
NE JAMAIS LE DÉFAIRE.

POUR LUI PASSER SUR LE CORPS
IL FAUT PASSER PAR SON CŒUR.

LE BUT DU JEU
C'EST DE TROUVER
LA BONNE PERSONNE.

LE BUT DU JEU
C'EST AUSSI DE L'ÊTRE.

QUAND TU AURAS FROID JE VIENDRAI TE COUVRIR DE BONHEUR.

VIENS PASSER TA VIE
DANS LA MIENNE.

Achevé d'imprimer en octobre 2020
par Normandie Roto Impression s.a.s.
N° d'impression : 2004090
Imprimé en France

Les Éditions de l'**Opportun**

Dépôt Légal : Novembre 2020
EAN : 9782380151558
ISBN : 978-2-38015-155-8